Make the Exorcist Fall in Love

4

story: aruma arima

art: masuku fukayama

HISTOIRE

Le plus puissant des exorcistes, considéré comme l'espoir de l'humanité... P'tit curé a pour mission de vaincre le roi démon Satan. Mais aussi de prendre la défense d'une jeune femme appelée Imuri, a priori elle aussi menacée par Satan. Sauf qu'en réalité, Imuri est un agent double, aux ordres du diable ! Dante reçoit quant à lui un rapport selon lequel Belzébuth, le roi des mouches, a repris ses activités démoniaques. Il se rend sur-le-champ près de Virgilius, le sorcier ayant réalisé l'offrande permettant le retour de Belzébuth. Mais il est déjà trop tard et ce dernier a commencé à envahir Tokyo et à éliminer des exorcistes !

PERSONNAGES PRINCIPAUX

Satan

†

Satan est un ange déchu ayant un jour défié Dieu au combat. Devenu roi démon enragé, il règne sur la Géhenne.
C'est lui qui envoie Imuri pour affaiblir le jeune garçon et mettre à exécution ses projets.

Imuri Atsuki

Jeune peintre talentueuse prise pour cible par Satan. Mais sa véritable identité est un démon envoyé par le diable pour séduire et corrompre le jeune garçon.

†

Belzé-buth

†

Seigneur des mouches, démon de la gourmandise, l'un des sept péchés capitaux. Il a déjà fait de nombreuses victimes.

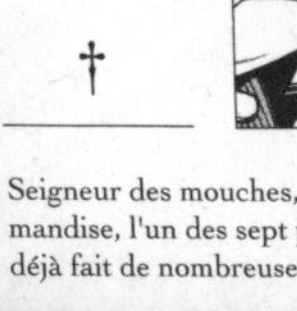

Barbara

Exorciste de l'Église. Elle porte toujours un masque sur son visage.

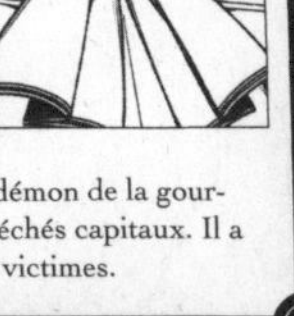

Léa

Exorciste de l'Église. Toujours enjouée, elle sait comment rendre les gens heureux.

Dante

Exorciste de l'Église. Il a une dent contre les sorcières…

Virgile

Sorcière de la gourmandise. C'est grâce à son offrande que le retour de Belzébuth fut possible.

SOMMAIRE

†

Episode 22
LA GÉHENNE…
COMMUTUS…
HAA…
CETTE PUISSANCE, C'EST CELLE DE BELZÉBUTH ?
IL A L'AIR DE BIEN SUIVRE LE PLAN…
J'AIMERAIS JUSTE QU'IL NE NOUS DÉRANGE PAS PENDANT NOS HEURES D'INTIMITÉ…
N'EST-CE PAS ?

TU ES D'ACCORD AVEC MOI, NON ?

ÇA ALORS...
JE RESSENS DES CHOSES...

IL ARRIVE !
!!!
SI CET ENDROIT EST ENCORE INDEMNE, C'EST GRÂCE À LA BARRIÈRE DE P'TIT CURÉ !
MAIS TOUT LE RESTE DE TOKYO EST DÉJÀ DOMINÉ !
SI ON N'AGIT PAS, C'EST TOUTE L'ASIE DU SUD-EST QUI EST MENACÉE !
HEIN ?
C'EST UNE MENACE PLANÉTAIRE...

C'EST EXACTEMENT COMME IL Y A ONZE ANS !
QUI AURAIT PU CROIRE QUE DE SIMPLES OFFRANDES DE SORCELLERIE POURRAIENT LE RENDRE AUSSI PUISSANT ?
COMMENT AI-JE PU ÊTRE SI NAÏVE…
JE L'AI SOUS-ESTIMÉ !
LÉA, TU REGRETTERAS APRÈS !
VOTRE ÉMINENCE, PEUX-TU LE LOCALISER ?
CETTE FORCE EST TROP VASTE POUR ÊTRE LOCALISÉE AVEC PRÉCISION !
MAIS JE PEUX ESTIMER UNE ZONE…
…
LA…
LA TOUR DE TOKYO !
!!!

COMMENT LE SAIS-TU, LÉA ?
À L'ÉPOQUE...
IL...
IL DISAIT AIMER LA TOUR EIFFEL !
C'EST EFFECTIVEMENT DANS CETTE ZONE QUE JE LE RESSENS...
TA DÉDUCTION EST PLAUSIBLE !

HORS ZONE
SANS RÉSEAU, ON NE POURRA PAS CONTACTER CHARLES ET LES AUTRES...
SEUL CET ENDROIT EST PRÉSERVÉ...
ON SERA DONC BIENTÔT REPÉRÉS...
TU VAS DEVOIR VENIR AVEC NOUS...
IMURI !
BIEN SÛR !
ALORS ON Y VA...
ALLONS STOPPER CE SATANÉ SEIGNEUR DES MOUCHES !

!
ACCROCHE-TOI BIEN À MON COU, IMURI !
D'ACCORD !
WHAA !!!
C'ÉTAIT QUOI, ÇA ?
DES HUMAINS...

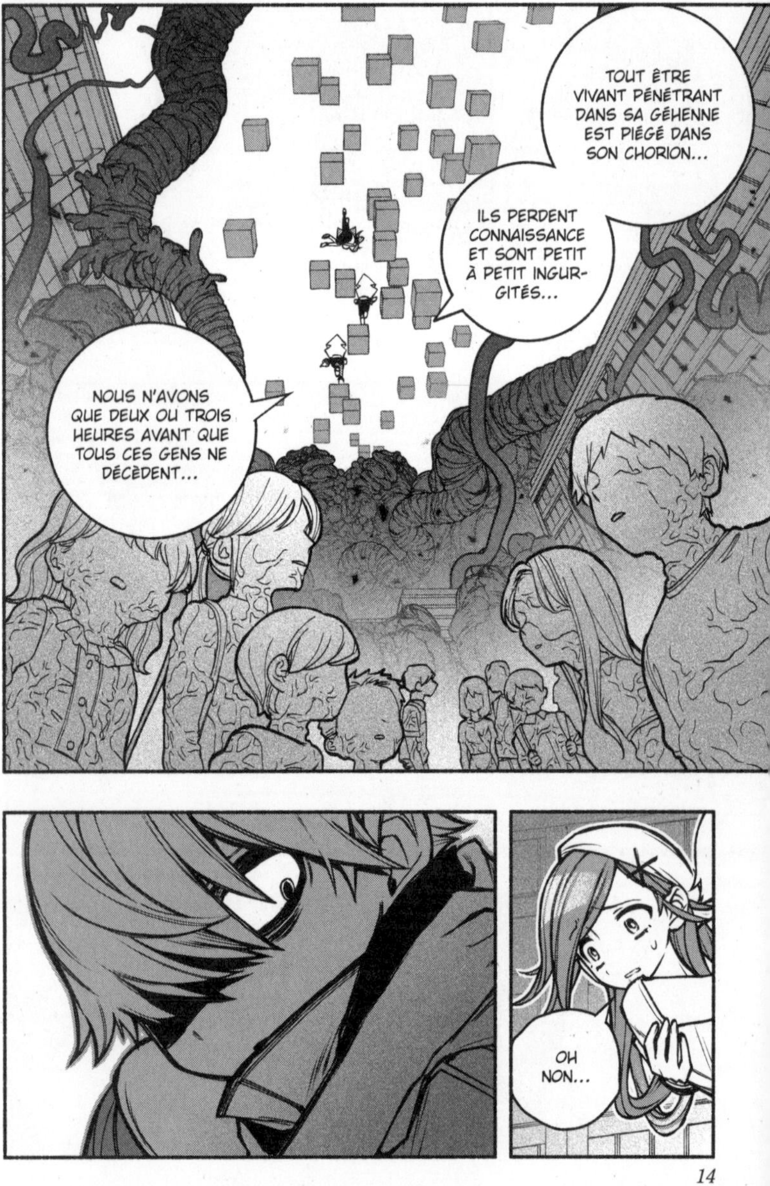
TOUT ÊTRE VIVANT PÉNÉTRANT DANS SA GÉHENNE EST PIÉGÉ DANS SON CHORION...
ILS PERDENT CONNAISSANCE ET SONT PETIT À PETIT INGURGITÉS...
NOUS N'AVONS QUE DEUX OU TROIS HEURES AVANT QUE TOUS CES GENS NE DÉCÈDENT...
OH NON...

VSHHH
C'EST FOU...
LE NOMBRE DE GENS...
?
T'AS DIT QUOI ?
Hein ?
NON, RIEN DU TOUT...
FAISONS VITE !

MHH...
MA...
MAN...

HEIN ?
SCRIIISH
SCRIIISH
ÇA NE S'ARRÊTE JAMAIS ?!?
SCRIIISH
LÉA !
P'TIT CURÉ !!!

ON SE SÉPARE !
QUE CHACUN SE CONCENTRE SUR SON OBJECTIF !
OK, BIEN NOTÉ !
SCRIIISH
SCRIIISH
SCRIIISH
SCRIIISH
SCRIIISH

VRSHHH
ÇA S'ARRÊTE ENFIN !
VLAM
BARBARA, ÇA VA ?
OUI...
GROOOH
!!!

C'EST BIEN MA VEINE, ÇA...
JE M'ÉTAIS TOUJOURS JURÉ DE NE JAMAIS FAIRE DE MAL À UN TOUTOU...

HMM...
TOUT SE DÉROULE COMME PRÉVU...

JE SUIS BIEN CONTENT D'AVOIR RÉCUPÉRÉ MON PETIT DOIGT AVANT LE PLAT PRINCIPAL...
IL M'AVAIT MANQUÉ, JUSQU'À CET ÉCHANGE AVEC CETTE SORCIÈRE...
BIEN, BOUCLONS NOTRE PETIT MARCHÉ, SEIGNEUR DES MOUCHES...
HÉ HÉ...
J'ADMETS QUE VOUS VOUS ÊTES VRAIMENT SURPASSÉ...
JE PENSAIS VOUS DÉVORER UN JOUR, MAIS LÀ...
JE VAIS REPOUSSER...

DE TOUTE FAÇON, VIENDRA LE JOUR OÙ JE DÉVORERAI LE MONDE ENTIER !
GRAOUUH
LÉA...
BARBARA...

RECULE, IMURI !
...
IMURI ?
JE...
OK...
MAMAN !
JE SUIS...
DÉSO-LÉ...
C'EST UN NEPHILIM...

LES NEPHILIMS…
SONT DES GÉANTS, ENFANTS NÉS D'ANGES DÉCHUS COMME AZAZEL ET DE FEMMES HUMAINES…
CE SONT DES GÉANTS HIDEUX ET SANGUI-NAIRES…
DIEU ÉTAIT TELLEMENT EN COLÈRE DE LES VOIR SI NOMBREUX SUR TERRE…
J'AI MAL…
MAMAN…
QU'IL PROVOQUA MÊME UNE IMMENSE INONDA-TION…
JE NE SUIS PAS TA MÈRE…
VOILÀ CE QUE DONNE…

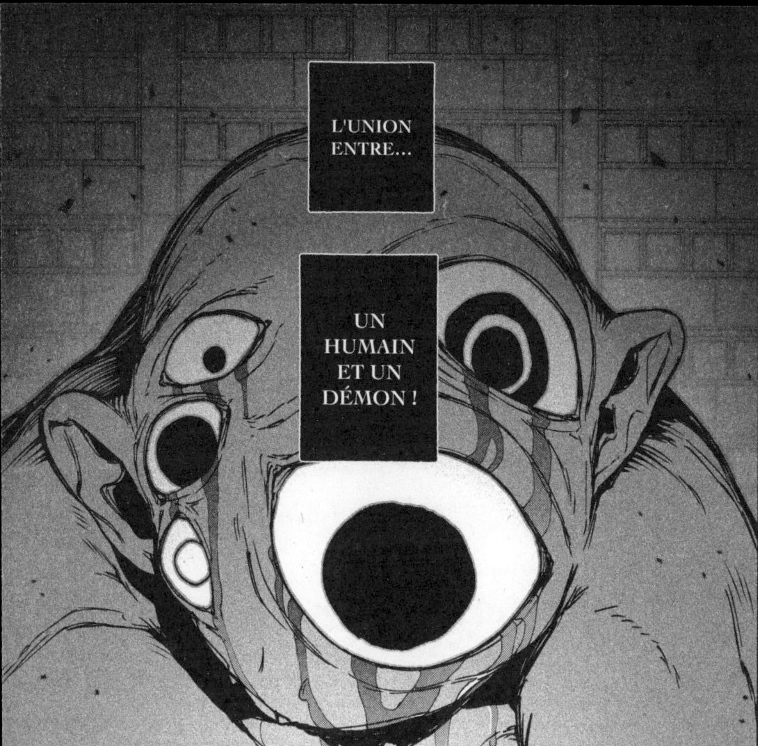

Chapitre 22 : Trouver sa place

File #23

"Témoignage d'un conducteur civil"

Pourquoi je ne roule pas ? Bah regardez !
Ça fait une demi-heure qu'on est coincés dans cet embouteillage !

Un taxi à l'avant semble même dire qu'il refuse d'aller plus loin et il avait l'air de savoir de quoi il parlait ! Il paraît même que les vols pour Tokyo sont détournés vers d'autres aéroports.

Mais comment suis-je censé savoir ce qui se passe ?

Tout ce que je sais, c'est que personne ne peut plus entrer dans Tokyo maintenant !

AZAZEL ÉTAIT TELLEMENT ÉPRIS DE CETTE FEMME QU'IL TOURNA LE DOS À DIEU...
IL DEVAIT VRAIMENT...
ÊTRE TRÈS TRÈS AMOUREUX DE CETTE DEMOISELLE !
Episode 23
MOI AUSSI...
J'AIMERAIS VIVRE LE GRAND AMOUR...
MA...

RHAAAAAAAAAAAAAAA

RHAAAAAAAAAAAAA

?
IL A L'AIR DE PRENDRE IMURI POUR SA MÈRE ?
GROUIC
MAMAN ...
J'AI FAIM !
QUOI ?
IMURI !!!
SNIF...
MA...
MAN...
PARDON !
PARDON !
GHH...

CRUUUNCH
CRAC
CRAC
IL A FRACASSÉ CETTE BARRIÈRE EN UN COUP...
RESTE EN ARRIÈRE, IMURI !
FAUT QU'ON S'EN DÉBARRASSE RAPIDEMENT !
DAAASH

RETOURNE DANS TA GÊHENNE !
VA...
T-EN !!!

QUELLE FORCE !!!

PAN
BROUUUM
CRAAASH

FRSH
FRSH
P'TIT CURÉ !
TCHAC
JE VAIS BIEN…
FAUT QUE JE SOUFFLE UN PEU…
S'IL EST SI FORT, EST-CE PARCE QUE BELZÉBUTH…
S'EST AUSSI RENFORCÉ ?
FAIS ATT…
HUU… POURQUOI…
!
TU M'EMPÊCHES DE LA MANGER ?
AAH !

C'EST PARCE QUE JE N'AI PAS RÉCITÉ MA PRIÈRE…
AVANT DE DÎNER ?
PAR-DON…
MAMAN …
ARRÊTE DE DIRE N'IMPORTE QUOI !
IMURI ?!?

ON NE MANGE PAS LES GENS COMME ÇA !
QUI A FAIT TON ÉDUCATION, À TOI, HEIN ?
EUH… IMURI ?
PARDON… MAMA…
ET STOP ! JE NE SUIS PAS TA MÈRE !
IMURI, NE LE PROVOQUE PAS !
TU N'ES PAS MA…
MAMAN ?
NON !
JE SUIS IMURI !
!
HMM ?
IL A L'AIR DE L'ÉCOUTER, ELLE…
AH OUI !
JE…
JE LE VOIS, LÀ…
TU VOIS ? C'EST PAS MOI !
T'AS POURTANT PLEIN D'YEUX, TOI !
MAIS…

TON ODEUR…
ELLE …
RES-SEMBLE À CELLE DE…
MAMAN… NON ! PAPA…
TU AS L'ODEUR…
D'UN ANGE DÉCHU !
!!!
T'AS LE NEZ BOUCHÉ OU QUOI ?
FAUDRAIT QUE SATAN SE LAVE !
?

TAP
MERCI IMURI, JE ME SENS MIEUX...
LAISSE-MOI LE STOPPER...
!
ME STOP-PER ?
MOI ?
JE SUIS DÉSO-LÉ...
DAAAM
P'TIT CURÉ ! STOP !
?!
QUOI ?
CE N'EST PAS PAR INSTINCT MATERNEL...
OU PAR PITIÉ POUR CE NEPHILIM QUE J'AGIS !
MAIS CETTE CHOSE EST UN ENFANT NÉ D'UN DÉMON ET D'UNE HUMAINE !

SI JE LE LAISSE TUER CE NEPHILIM SANS RIEN DIRE…
POUSSE-TOI, IMURI !
ON DOIT LE REPOUSSER POUR ÉLIMINER BELZÉBUTH AU PLUS VITE !
J'AI L'IMPRESSION QUE ÇA AURA UN IMPACT NÉGATIF…
EUH, EUH…
ATTENDS !
Y A BELZÉBUTH !

DIS-MOI MON PETIT, TU SAIS OÙ SE TROUVE TON MAÎTRE BELZÉBUTH ?
OÙ SE TROUVE …
SA MAJESTÉ ?
AU-DESSUS D'UNE TOUR TOUTE ROUGE…
!
IL EST TOUT SEUL ?
T'AS D'AUTRES COPAINS DANS LE COIN ?
NON, JE SUIS…
LE SEUL GÉANT…
MAIS Y A AUSSI UN PETIT CHIEN…
AVEC TROIS TÊTES !
UN CERBÈRE…
DIS, P'TIT CURÉ !
TU VOIS QU'IL PEUT NOUS ÊTRE UTILE ! NE L'ÉLIMINE PAS !
OUI, MAIS…

SA MAJESTÉ…
M'A DEMANDÉ DE MANGER TOUS CEUX QUI VEULENT S'OPPOSER À LUI !
ET DONC MON RÔLE MAINTE-NANT…
C'EST DE VOUS BOUFFER !!!
HEIN ?!?
GHAAA
ET J'AI FAIM !!!
ZUT, LOUPÉ…
TU OUBLIES UN DÉTAIL !

SACHE QUE BELZÉBUTH RÊVE DE ME DÉVORER !
IL NE VEUT PAS QUE TU ME TUES, TU COMPRENDS ?
?
EUH ...
TON RÔLE EST DE LUI PERMETTRE DE ME MANGER !
MAINTENANT QUE TU NOUS AS VAINCUS, TU PEUX NOUS LAISSER PASSER...
BAH ALORS ...
IL M'A MENTI ?
ON PEUT L'ANALYSER COMME ÇA, OUI...
MAIS SI TU TIENS QUAND MÊME À T'OPPOSER À MON PASSAGE, ALORS...
MENTI...
IL M'A MENTI ...
SA MAJESTÉ ...
M'A MENTI !
?!
IL M'A MENTI !
GHH...

OUI!!!!!!!N !!!
IL M'A MENTI !
IL EST TOUJOURS EN TRAIN DE ME MENTIR !!!
IL ME DONNE PAS À MANGER !
IL SE FICHE DE MOI !
JE LE DÉTESTE !
DÉTESTE !
DÉTESTE !
DÉTESTE !
...
ET SI TU VENAIS L'ÉLIMINER AVEC NOUS ?
IMURI ?!?
ÇA VA PAS LA TÊTE ?
POURQUOI PAS ? T'IMAGINES SI CE NEPHILIM NOUS AIDE ?
MOI ? L'ÉLIMINER ?
SNIF
OUI !

ET TU VERRAS COMME ÇA DÉFOULE...
DE FAIRE CHUTER UN TYRAN DE SON PIÉDESTAL !

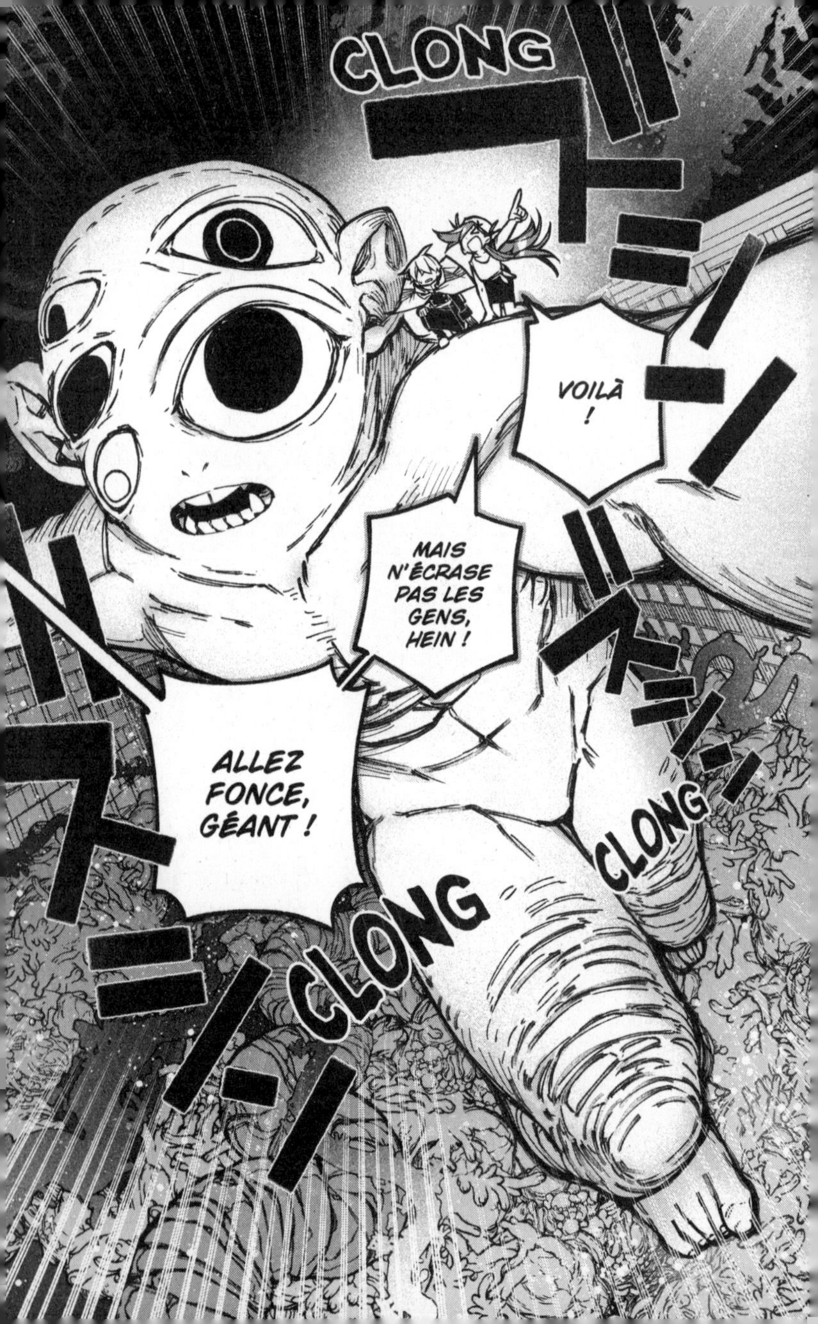
CLONG
VOILÀ !
MAIS N'ÉCRASE PAS LES GENS, HEIN !
ALLEZ FONCE, GÉANT !
CLONG
CLONG
CLONG

ET PARS DÉFONCER CE TYRAN MALÉFIQUE !!!
OUI !
COMMENT EN EST-ON ARRIVÉ LÀ ?
CLONG
CLONG
P'TIT CURÉ, ÇA TE PERMETTRA D'ÉCONOMISER PAS MAL DE FORCE !
CLONG
OUI, C'EST SÛR, MAIS BON…
CLONG
CLONG
EN PLUS, VU SA VITESSE, IL VA NOUS CONDUIRE À BELZÉBUTH EN MOINS DE DEUX !
AU FAIT, JE N'AIME PAS T'APPELER NEPHILIM…
C'EST QUOI TON VRAI PRÉNOM ?

MOI ?
GOLEM !
C'EST MON PAPA QUI M'A APPELÉ COMME ÇA...
OK, JE VOIS...
RAVIE DE TE CONNAÎTRE, GOLEM !
GOLEM...
EN HÉBREU, ÇA VEUT DIRE EMBRYON...
OU INACHEVÉ ...
HAAA, BON SANG...

Chapitre 23 : Inachevé

File #24

"Note civile retrouvée dans un rapport"

Il y a toujours eu une histoire étrange par ici.
Ça parle d'un enfant qui s'est égaré dans la forêt.

Perdu dans la forêt, le gamin entendit une voix au loin.
L'enfant, qui s'était senti jusque-là très seul, pensa qu'il y avait quelqu'un et commença à marcher dans cette direction.
Au fur et à mesure qu'il avançait, des branches de bouleau lui griffaient les joues et en place de voix, il entendait le rugissement d'un gros chat.
L'enfant avait de plus en plus peur, mais il ne savait pas comment rentrer chez lui.
Après avoir marché jusqu'à la tombée de la nuit, l'enfant rencontra une femme dans une clairière.
Elle tenait une torche en os incandescente.
L'enfant était terrifié, mais la femme se montra altruiste et lui promit qu'elle le conduirait bientôt à la sortie de la forêt.
Elle enseigna au garçon plusieurs choses importantes, comme la façon de se repérer dans les bois, comment éloigner les mauvais esprits et comment préparer des remèdes. Mais l'enfant, tellement heureux de trouver enfin une âme bienveillante, n'écoutait que d'une oreille.
À la fin du thé, en partant, la femme annonça :
"Dans des centaines d'années, le diable viendra ici.
Quand il viendra, il ne faudra jamais l'inviter à entrer.
Car si vous le laissez entrer, il n'en sortira plus !".
C'est le seul avertissement que l'enfant n'a jamais oublié.

Bah, en d'autres termes, cette histoire veut dire "fais attention aux rôdeurs."
C'est le même genre de légende qu'on raconte au sujet des vampires.
Cela dit, tous les anciens connaissent bien cette légende et ils ont bien retenu la leçon.
Il ne faut jamais laisser entrer le diable quand il se présente.

Episode 24
BON SANG !
IL EST BEAUCOUP TROP FORT !
IL PARAÎT QU'IL ADORE LES TRUCS SUCRÉS !
TU N'AURAIS PAS UN GÂTEAU DANS TA POCHE ?
BIEN SÛR QUE NON !
GROAAAH
PRENDS ÇA !

"COUCHÉ" !!!
SHLAAAC

VOILÀ, COMME ÇA TU VAS RESTER BIEN SAGE !

BARBARA, JUSQU'OÙ VOIT-IL ?
IL NE VOIT PLUS À DROITE ET AU CENTRE !
JE VAIS ATTAQUER SA TÊTE GAUCHE ! RETIENS-LE !
ENTENDU !
ALLEZ !
REGARDE-MOI !
GRRR
GRRR
!!!
BARBARA, DÉSOLÉE ! RECULE !!!
CRAAAC
QUOI ?!?
CRAAAC

SCRAAASH
?!
BARBARA !!!
TCHAC
JE VAIS BIEN !
OUF !
TANT MIEUX !

IL N'EST PAS COMMODE !
OUI, ÇA RESTE LE CHIEN DE GARDE DE L'ENFER...
IL MANIPULE AUSSI BIEN LE GIVRE DE COCYTE...
FRSHHHH
QUE LES BOUFFÉES SULFURIQUES ! SOIS PRUDENTE !
ET SON DERNIER POUVOIR, C'EST QUOI ?
JE PRÉFÈRE NE PAS LE SAVOIR...
T'AS RAISON, MOI NON PLUS !
RHAA !
ON N'A POURTANT PAS DE TEMPS À PERDRE !
ALLEZ...

FINISSONS-EN TOUT DE SUITE !
PLOP
!!!
LÉA, TU...
WOUAAAF !!!
GRRRRR !!!
GROOOH !!!

NON !
TU N'AS PAS ASSEZ DE FORCE POUR...
T'INQUIÈTE, JE NE PEUX PAS ME PERMETTRE DE MOURIR MAINTENANT !
Ô SEIGNEUR...
Ô MESSAGER...
DONNEZ-MOI VOTRE FORCE !!!

ZUIIIIP
しるっ
?!

BIEN...
NOUS SOMMES BIEN À TOKYO...
Je crois...
FLAAAP
T'ES OÙ, MON P'TIT NABÉ ?
PAR ICI MON CHIEN !
OUAF ! OUAF !
MAIS...

HEIN ?!?
TAP
TAP
TAP

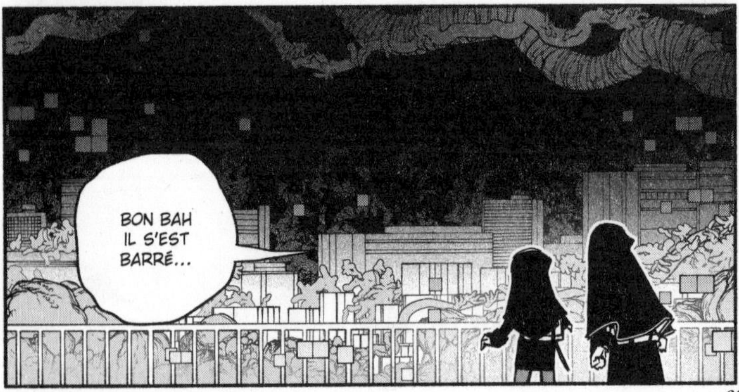
BON BAH IL S'EST BARRÉ...

FLOP
ON LE SUIT ?
NON, PAS BESOIN...
TCHAC
SI ON ÉLIMINE LE SEIGNEUR DES MOUCHES, IL NOUS FICHERA SÛREMENT LA PAIX...
TCHAC
FAUT VRAIMENT SE DÉPÊCHER...
OUI, IL NOUS A FAIT PERDRE UN TEMPS PRÉCIEUX...
TAP
VOILÀ...

NOUS Y SOMMES !

ÇA VA ALLER, LÉA ?
OUI...
ON TROUVERA LE ROI TOUT LÀ HAUT...
ÇA FAIT TELLEMENT LONG-TEMPS...

LES ENFANTS !
VENEZ !
IL Y A 11 ANS...
FRSH
コト
FRSH
コト
HÉ OH !
À TABLE TOUT LE MONDE !
EN 2011, DANS UNE FERME À L'EST DE L'ALLEMAGNE...

MAMAN, REGARDE !
LE PRÉSUMÉ COUPABLE…
EST ACCUSÉ D'AVOIR TORTURÉ À MORT PLUS DE 700 CHATS…
UN MONSIEUR A ÉTÉ ARRÊTÉ APRÈS AVOIR FAIT DU MAL À PLEIN DE PETITS CHATS !
C'EST IMPARDONNABLE !
LÉA (5 ANS)
HUNDEFUTTER

OUIIIIN !
Leo
OUIIIIIIIN !
VOILÀ, VOILÀ, ÇA ARRIVE...
TU AVAIS FAIM, MON BÉBÉ ?
OUIIIIIIIN
...
JE VOUS APPELLE !
OUIIIIIIIN
MAMAN, ZE TE PARLE DE TORTURE !
HEIN ? MAIS JE N'AI JAMAIS TORTURÉ PERSONNE, MOI !
TU VOIS BIEN QUE JE M'OCCUPE DE TON PETIT FRÈRE LÉO !
LÉA, TON ASSIETTE !

ZE NE SUIS PAS UNE ASSIETTE !!!
HEIN ? DE QUOI ?
T'AS PAS FAIM, LÉA ?
NON !
Z'EN AI MARRE !
DAAASH
VLAAAM
ELLE RÉPOND MAL !
BAH...
ELLE EST PETITE...
TAP
TAP
TAP
TOUT A COMMENCÉ À LA NAISSANCE DE MON PETIT FRÈRE...
PAPA ET MAMAN NE S'OCCUPENT PLUS QUE DE LUI !
!
MAIS ÇA M'EST ÉGAL !
T'ES LÀ ?
BONZOUR !

OH !
BONJOUR, MA JOLIE PETITE !

LUI AU MOINS…
IL ME COMPREND !
DIS…
TU PEUX ME RACONTER…
LA SUITE DE CETTE HISTOIRE FRANÇAISE ?
HMM ? OUI, SI TU VEUX…
TU VOIS ÇA ? C'EST LA…
ZE SAIS !
LA TOUR EIFFEL, QUE TU ADORES !
TOUT À FAIT !
IL EST COMME PLANTÉ À CET ARBRE DEPUIS DEUX SEMAINES ET S'AUTOPROCLAME "ROI DES DÉMONS"…

C'EST UN ORIGINAL QUI PARCOURT LES PAYS POUR GOÛTER AUX MEILLEURS PLATS DU MONDE...
BRAVO, TU AS UNE...
BONNE MÉMOIRE !
IL ME RACONTE PLEIN D'HISTOIRES DE SES VOYAGES !
S'IL A QUITTÉ SON CHEZ-LUI, C'EST PARCE QU'IL EN AURAIT ÉTÉ CHASSÉ...
TOUT COMME MOI, EN FAIT !
HÉ HÉ HÉ !
C'EST POUR ÇA QU'IL PEUT ME COMPRENDRE, LUI !
BON, IL SE FAIT TARD, LÀ !
RENTRE CHEZ TOI, PETITE...
QUOI ? DÉZÀ ?!?
ALORS VIENS AVEC MOI !
J'AIMERAIS BEAUCOUP, MAIS...
J'AI PASSÉ UN MARCHÉ, AUTREFOIS...

APRÈS UNE CÉRÉMONIE CELTE, NON, SLAVE…
MAIS J'AI PROMIS DE NE PAS ALLER DAVANTAGE VERS L'EST…
TANT QUE LES LOCAUX NE M'Y ONT PAS AUTORISÉ…
ZE COM-PRENDS PAS !
DONC TU DOIS RESTER LÀ TANT QU'ON TE DIT PAS "TU PEUX VENIR" ?
C'EST CELA…
HMM…
IL DISAIT PLEIN DE CHOSES ÉTRANGES…
J'IMAGINE QUE SA VIE N'A PAS DÛ ÊTRE SIMPLE…
C'EST AUSSI À MON TOUR DE LE COMPRENDRE !

DANS CE CAS...
"VIENS ! TU PEUX VENIR !"

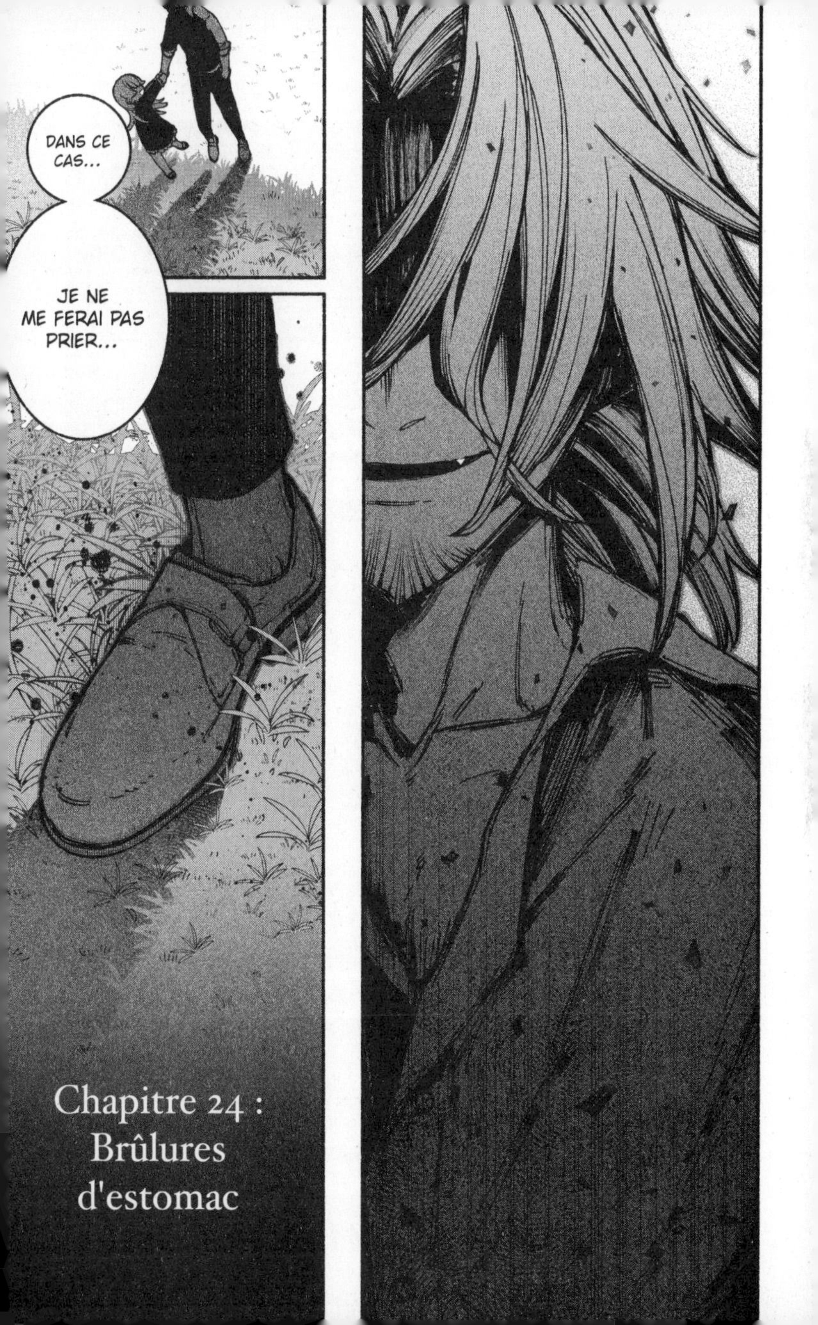
DANS CE CAS...
JE NE ME FERAI PAS PRIER...
Chapitre 24 : Brûlures d'estomac

File #25

"Vidéo retrouvée dans une console de jeu vidéo"

Elle se cache, mais je suis sûre qu'elle est amoureuse !

Oui, un amour interdit !

Mais pourquoi les adultes ne veulent-ils pas comprendre ?
Voilà pourquoi je dois la soutenir, moi !

Mais comment faire ?

Oui, je n'ai qu'à faire croire à ses parents qu'elle vient jouer chez moi ! En journée, il n'y a que ma grand-mère à la maison, elle aussi n'y verra que du feu !

Ainsi, je pourrai l'aider à ma façon.

Voilà, c'est une bonne idée. Il faudrait qu'on puisse tous aider Léa...

Allez Léa !

Episode 25

RHAAAAN
WHAA !
Y A PLUS DE MOUCHES QUE D'HABITUDE !
HANS, T'ES LÀ ?
?
EST-CE QUE LÉA EST RENTRÉE ?
PAS ENCORE, NON...
ELLE DOIT ÊTRE CHEZ SES COPINES !
BAH JUSTEMENT...
OUIIIN

J'AI APPELÉ !
ELLE N'EST CHEZ AUCUNE D'ELLES !
ET LE PIRE...
C'EST QU'ELLE N'A PLUS JOUÉ AVEC ELLES...
DEPUIS AU MOINS DEUX SE-MAINES !
QUOI ?
おぎゃあああ
OUIIIIN
Leo

VIENS PAR ICI !
MA MAISON EST LÀ-BAS !
ON ÉLÈVE DES COCHONS ! ILS SONT TROP BONS !
ET LÀ !
C'EST LA MAISON DE MA COPINE ÉRA !
LÉ...
LÉA !
OH !
LE PAPA D'ÉRA !
LÉA...
VA...
?
QUE DIS-TU ?

VA...
T'EN
!!!
SPLAAAF

?
MAIS...
QU'EST-CE...
WHAAAA !!!
ひくっ
HAA
?!
ÉRA ?!?
MES CO-PAINS !!!
!!!
LÉA !!!
AIDE-NOUS !!!

BEUAAAARGH

SCRIIISH
びちゃびちゃ
CRAAAC
ぼちゃっ
?
CRAAAC
びちゃ
CRAAAC
びちゃ
GHH!
AAH...
...
PLIC
PLIC

HAA
HAA
?
VOUS...
M'SIEUR !
FAITES...
QUELQUE...
GRIP
HMM ?
UN TRUC COMME ÇA ?
BLURP
BOUM
CLAP
FSHHH

PSHAAA
CLAP

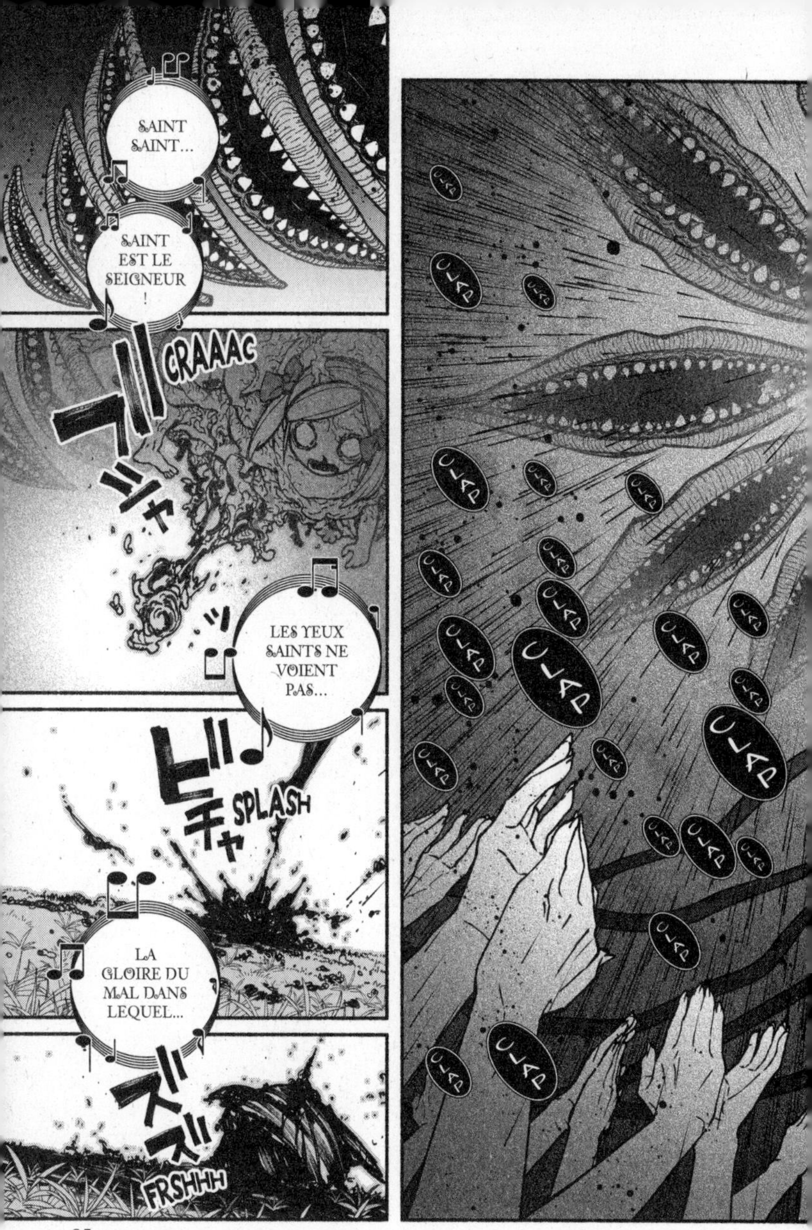
ULAP
SAINT SAINT…
SAINT EST LE SEIGNEUR !
CRAAAC
LES YEUX SAINTS NE VOIENT PAS…
SPLASH
LA GLOIRE DU MAL DANS LEQUEL…
FRSHHH

FLAAAP
LE PLAISIR ABONDE...

DE FAÇON INCOMPA-RABLE !
MAIS...
VOUS...

C'EST QUOI ÇA ?
OÙ SUIS-ZE ?
ET LES AUTRES ?
S'IL VOUS PLAÎT…
Z'AI PEUR !
JE TE L'AVAIS DIT !
JE SUIS LE ROI DES DÉMONS !
MAIS…
C'ÉTAIT PAS…
POUR RIGOLER ?
PASSONS AU DÎNER !
CLAP
パチン

VSHHH
ズ ズ ズ
VSHHH
ズ ズ
OH LÀ LÀ !
ARRANGEONS ÇA...
TES MAGNIFIQUES CHEVEUX SONT TOUT ÉBOURIFFÉS...
NE PLEURE PAS !
TU ES COMME UNE BELLE FLEUR DANS UN DÉLICIEUX BANQUET...
MAIS...
JE...
LÉA !!!
!

PAPA !
MAMAN !!!
OUIIIN
ARRÊTEZ !
NE FAITES PAS DE MAL À MON PAPA ET À MA MAMAN !
POURQUOI VOUS ÊTES MÉCHANT COMME ÇA ?!?
?
MAIS VOYONS...
NE TE L'AI-JE PAS DÉJÀ DIT ?
JE SUIS DEVENU LE ROI DES DÉMONS, APRÈS AVOIR ÉTÉ CHASSÉ PAR DIEU DES CIEUX !
ET DEPUIS, JE PARCOURS LE MONDE À LA RECHERCHE DE METS DÉLICIEUX...
MAIS JE NE ME DÉPLACE QU'AVEC L'AVAL DES GENS !
TU LE SAVAIS, NON ?

C'EST TOI QUI AS DONNÉ L'AUTORISATION...
AU ROI DES DÉMONS !
!!!
VOUS L'AVEZ TROMPÉE !
LÉA !
NOUS AURIONS DÛ ÊTRE PLUS PRÉSENTS POUR TOI !
C'EST DE NOTRE FAUTE !
IL A ABUSÉ DE TA FAIBLESSE !
PAPA ...
ZE...
ÉCOUTE-MOI, LÉA...
NE PENSE QU'À UNE CHOSE...
VIVRE LE PLUS LONGTEMPS POSSIBLE !
SACHE QUE PAPA ET MAMAN, ON T'AIME DE TOUT NOTRE CŒUR !
FERME-LA, TOI !!!

GHAAAAAAAAAA !
RHAAA !!!
GHHH !!!
VU QU'AUCUNE SORCIÈRE OU AUTRE BOUFFONNE N'EST LÀ CE SOIR...
ILS VONT DANSER POUR NOUS !
GH!!!! !
ALLEZ !
PASSONS À TABLE !

QU'Y A-T-IL ?
TU N'AS TOUJOURS PAS FAIM ?
CELA VA FAIRE DIX JOURS !
OU ALORS TU N'OSES PAS M'AVOUER QUE TU ES SUBITEMENT DEVENUE VÉGAN ?
ALLEZ, NE TE RETIENS PAS ET MANGE UN PEU DE VIANDE !
JE SAIS BIEN QUE LES VÉGANES N'ONT PAS TOTALEMENT TORT…
QUE LE VÉGANISME EST PEUT-ÊTRE UNE DES SOLUTIONS POUR RÉSOUDRE LE PROBLÈME DE LA NOURRITURE POUR L'HUMA-NITÉ…

LA POPULATION MONDIALE EST TELLE…
QU'IL N'Y AURA JAMAIS SUFFISAMMENT DE VIANDE POUR NOURRIR TOUT LE MONDE !
MAIS SI TU VEUX MON AVIS…
MÊME DANS MILLE ANS, ON CONTINUERA DE MANGER DE LA VIANDE COMME JAMAIS !
TU SAIS POURQUOI ?
CAR IL N'Y A RIEN DE MEILLEUR QUE LA CHAIR…

LE PREMIER MEURTRE DE L'HISTOIRE…
CAÏN OFFRIT À DIEU DES LÉGUMES…
TANDIS QU'ABEL FIT OFFRANDE DE VIANDE DE SON TROUPEAU…
ET L'ÉTERNEL PORTA SON REGARD SUR L'OFFRANDE D'ABEL !
PARCE QUE LA VIANDE ÉTAIT BIEN MEILLEURE !
SACHE QUE…
LA JUSTICE EST VAINE FACE AU PÉCHÉ DU GOÛT !
TU AS FAIM, NON ?
ALORS RÉGALE-TOI…
MA JOLIE !

TADAAAM

はぐ
MIAM
はぐ
MIAM
CRUNCH
グチュ
CRUNCH
グチャ
CRUNCH
グチュ
TU M'EN VOIS RÉJOUI !
VIVRE, C'EST ASSASSINER !
IL FAUT CÉLÉBRER ET REMERCIER LA VIE !

GNAAAP
!
AU MÊME MO-MENT
ON PEUT ENTRER !
YAAA
MÈRE ROSA A OUVERT UNE BRÈCHE !
YAAAH
ON A ESSAYÉ PENDANT DES JOURS ET POURTANT, LA BARRIÈRE RESTAIT INTACTE !!!
FERMEZ-LA !

VOUS CONFESSEREZ VOTRE INCOMPÉTENCE APRÈS TOUT ÇA !
IL Y A PEUT-ÊTRE ENCORE DES SURVIVANTS !
ALORS ON Y VA !
HÉROÏNE MÈRE ROSA
Chapitre 25 : La tourmente

Episode 26
DANIEL ! EXPLIQUE-NOUS POURQUOI !
TOUS CES GENS SONT ENCORE VIVANTS !
IL N'Y A QUE TOI QUI PEUX ENCORE LES SAUVER !
JE DOIS M'OCCUPER DE CEUX QUI ONT UNE CHANCE !
MAIS !!!
HUUU
ILS FINIRONT PAR MOURIR !
RETOURNE À TON POSTE, ALBERT !
SI JE M'OCCUPE EN PRIORITÉ DES BLESSÉS LÉGERS...
C'EST POUR QU'ILS SOIENT RAPIDEMENT RENVOYÉS AU FRONT POUR SE BATTRE !

SI L'ON VEUT STOPPER LA CONTAMINATION DÉMONIAQUE DU RESTE DE L'EUROPE, C'EST MAINTENANT OU JAMAIS !
IL N'Y A QUE MÈRE QUI PUISSE SE BATTRE CONTRE LE SEIGNEUR DES MOUCHES !
ELLE AURA BESOIN DE CHAIR À CANON POUR L'AIDER À AVANCER !
!!
MAIS LE DESTIN DE PLUSIEURS CENTAINES DE MILLIONS D'HUMAINS EST EN JEU ! TU PIGES ?
ALORS RETOURNE À TON POSTE !!!

HOO...
ILS TENTENT DE CASSER MA BARRIÈRE ?
MES GARDIENS N'AURAIENT-ILS PAS TENU FACE À EUX ?
LES AURAIS-JE SOUS-ESTIMÉS ?

LÉA, VIENS LUI DIRE BONJOUR !
C'EST TON PETIT FRÈRE !
POUAH ! ON DIRAIT UN PETIT SINGE !
TOUS LES BÉBÉS SONT FRIPÉS À LA NAISSANCE !
PAS MOI !
AAH !

TU ES DEVENUE UNE GRANDE SŒUR !
TU DEVRAS AUSSI VEILLER SUR LUI !
TU N'AS PAS À AVOIR HONTE…
LORSQU'ILS SONT FORCÉS À AGIR, LES HUMAINS PASSENT EN MODE INSTINCT DE SURVIE…
C'EST LÀ QU'ILS SE RÉVÈLENT PLEINEMENT !
ÇA VAUT POUR TOUS !
CRSHHH

BON SANG...
ON NE PEUT MÊME PLUS DÎNER EN PAIX, MAINTENANT ?
YAAAH !
CRIIISH
PARCE QUE TU APPELLES ÇA DÎNER EN PAIX, TOI ?
PLASH

C'EST DONC COMME ÇA QUE SE COMPORTE LE ROI DES DÉMONS ?

EH OUI...
C'EST UN AUTRE ART DE VIVRE, JE LE CONCÈDE...

MANGER, C'EST AGRÉABLE ! ET POURTANT...
NOUS ÔTONS LA VIE À D'AUTRES ÊTRES !
EN D'AUTRES TERMES, TUER EST DANS NOTRE NATURE LA PLUS PROFONDE À TOUS...
ARRÊTE TON CHARABIA DE MALADE MENTAL !
BEEEEEEH
...

ZAAASH
OOOH !
QUELLE VITESSE !
MAÎTRE !
JE L'EMMÈNE EN LIEU SÛR !
OK...
JE TE LA CONFIE POUR LA SUITE !

PROFITEZ DU RESTE DE VOTRE VIE...
POUR ÊTRE HEUREUSES, OK ?
...
QUE LE SEIGNEUR VEILLE SUR NOUS !
AH !
GHH !
AAAH !

BROOOOOOH
PARCE QUE TU CROIS QU'ELLE SERA HEUREUSE ?
EN CACHANT INDÉFINIMENT SA NATURE PROFONDE POUR LE BIEN DE TON ÉGLISE ?
LE BONHEUR, C'EST DE SE TROUVER SOI-MÊME !
BANDE D'HYPOCRITES !
HA HA HA !
PENSE CE QUE TU VEUX DE NOUS...
PAUVRE CINGLÉ !

L'INSTINCT AUQUEL TU FAIS MENTION...
NE GAGNERA JAMAIS CONTRE LE VÉRITABLE AMOUR !
HMM ?
TIENS DONC...
!
SEIGNEUR !
MESSAGERS !
VENEZ-NOUS EN AIDE !

ÇA FAISAIT UN BAIL !

DÉSOLÉ, MAIS JE NE COMPRENDS PLUS LES LANGAGES ANCESTRAUX !
MAIS ÇA ME REVIENT !
TOUTES CES SENSATIONS...
LES ARCHANGES DES QUATRE POINTS CARDINAUX !

VOUS PENSEZ AVOIR TROUVÉ VOTRE "NOUVEL" ESPOIR ?
BAH...
JE ME DEMANDE QUEL GOÛT ONT LES ANGES !
PLAC
BON APPÉTIT !!!

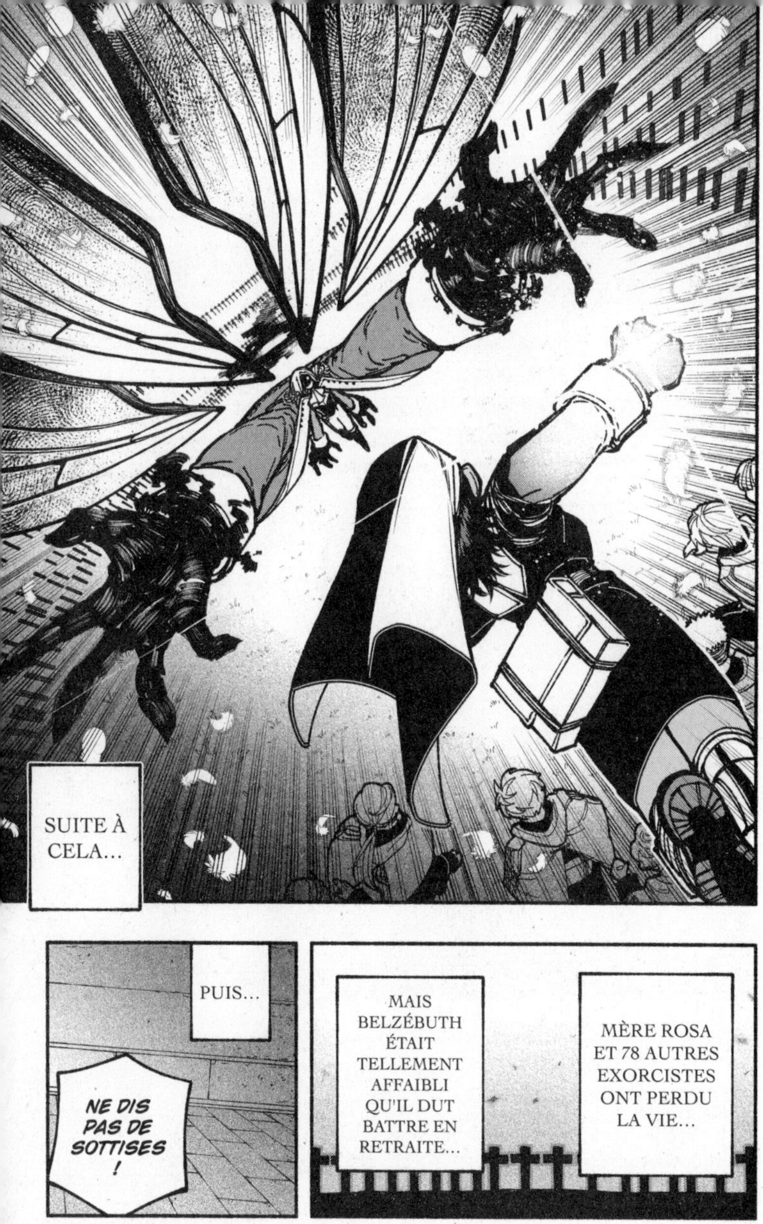
SUITE À CELA…
MÈRE ROSA ET 78 AUTRES EXORCISTES ONT PERDU LA VIE…
MAIS BELZÉBUTH ÉTAIT TELLEMENT AFFAIBLI QU'IL DUT BATTRE EN RETRAITE…
PUIS…
NE DIS PAS DE SOTTISES !

ILS SE SONT SACRIFIÉS POUR QUE TU VIVES !
ET TOI, TU VEUX PRENDRE LE RISQUE DE MOURIR ?
C'EST PLUS FORT QUE MOI !
JE DOIS AGIR !
J'AI LA RAGE !
ET JE SUIS DÉJÀ À MOITIÉ MORTE !!!
…
CETTE PETITE FERMIÈRE QUI A SURVÉCU…
FIT LE VŒU DE DEVENIR EXORCISTE À SON TOUR POUR AIDER L'ÉGLISE…

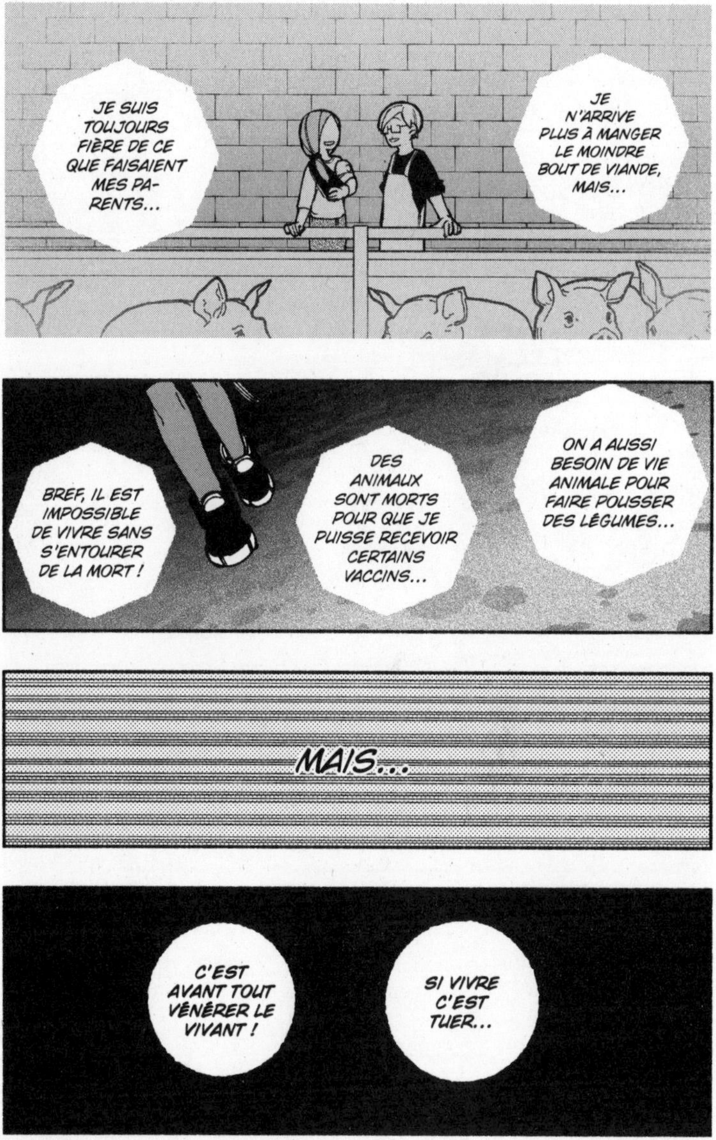
JE N'ARRIVE PLUS À MANGER LE MOINDRE BOUT DE VIANDE, MAIS...
JE SUIS TOUJOURS FIÈRE DE CE QUE FAISAIENT MES PA-RENTS...
ON A AUSSI BESOIN DE VIE ANIMALE POUR FAIRE POUSSER DES LÉGUMES...
DES ANIMAUX SONT MORTS POUR QUE JE PUISSE RECEVOIR CERTAINS VACCINS...
BREF, IL EST IMPOSSIBLE DE VIVRE SANS S'ENTOURER DE LA MORT !
MAIS...
SI VIVRE C'EST TUER...
C'EST AVANT TOUT VÉNÉRER LE VIVANT !

JE NE PEUX QUE REJETER CE SOURIRE !
RETOUR AU PRÉSENT
TCHAC
HÉ !

Chapitre 26 : Le seigneur des mouches

File #26

"Message sur le répondeur de Dante"

.
.
.
.
.
.
.

Tu te fiches de qui, Dante ? J'ai entendu le rapport !
Il paraît que tu es parti chercher la dépouille de Mère Rosa ?

Certes, la protection des sels divins est une réalité, mais tu es complètement cinglé d'avoir osé pénétrer dans cette zone polluée par le roi des démons !
Combien crois-tu que de personnes sont mortes après être sorties de mon hôpital ?

On ne peut pas se permettre de te perdre aussi, tu comprends ?
Bref, rappelle-moi dès que tu auras ce message, pigé ?
Je compte sur toi !

Episode 27
HÉ !
ON SE RETROUVE !
VOUS VOUS SOUVENEZ DE MOI ?

NON ! T'ES QUI, TOI ?
BAH, ÇA M'EST ÉGAL...
J'AI ENVIE D'AUTRE CHOSE QUE DE *JUNK FOOD* À MIDI !
FUIP
FUIP
DU BALAI !
... LÉA...
HA HA !

BAH, PEU IMPORTE !
AUJOURD'HUI, C'EST À MON TOUR DE VOUS OUBLIER DÉFINITIVEMENT !
SEIGNEUR !
MESSAGERS...
VENEZ-NOUS EN AIDE !
!!!
DAAASH

BAM
NON...
CRIIIC
CRIIIC
LE POUVOIR DES ANGES ?!?

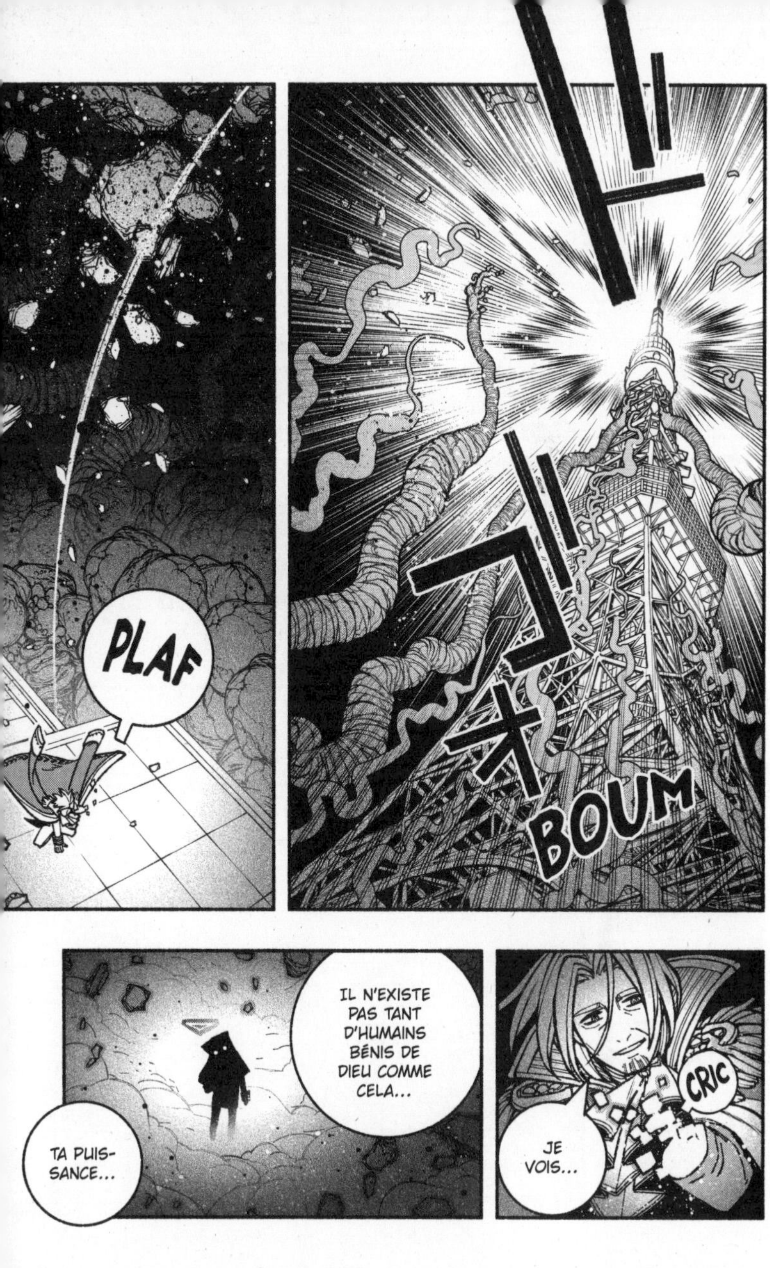
BOUM
PLAF
JE VOIS...
CRIC
IL N'EXISTE PAS TANT D'HUMAINS BÉNIS DE DIEU COMME CELA...
TA PUIS-SANCE...

L'ALCHIMIE EST UNE SCIENCE APPORTÉE DES CIEUX SUR TERRE PAR AZAZEL…

LÉA A DÉCOUVERT UN PAN INEXPLORÉ…
DANS L'ART D'ÉQUILIBRER LA FOI ET LA SCIENCE ! ET AINSI PUISER DANS LA PUISSANCE DES CIEUX !
NATURELLEMENT, COMME IL N'Y A PAS DE STRUCTURE NATURELLE, L'ANGE DOIT PUISER DANS SON ÉNERGIE CORPORELLE…
ARGH
PLIC
AU RISQUE DE SA VIE ET EN ATTENDANT DE S'AUTO-RÉGÉNÉRER !
SAUF QUE SON ESPÉRANCE DE VIE DANS CES MOMENTS-LÀ…
SI NOUS SOMMES DEUX…
LE VATICAN ESTIME QUE NOUS POURRONS NOUS BATTRE CINQ MINUTES CONTRE SATAN !
N'EST QUE DE 5 MINUTES !
ZAAASH

VLAAASH
ZAAAM

HA HA HA !
MERCI MA JOLIE !
TU M'AS MIS EN APPÉTIT !
BAR-BARA !!!

!!!
TCHOMP
TCHAP
BANDE DE LÂCHES !
TU PENSAIS QUE CE SERAIT UN UN CONTRE UN ?
ARGH
L'ÉPÉE DES MARTYRS ?!?
JE SUIS BLOQUÉ...
ZUIP
AU NOM...
DU PÈRE, DU FILS ET DU SAINT ESPRIT !

QUE LE DIABLE SOIT CONDAMNÉ !?!!

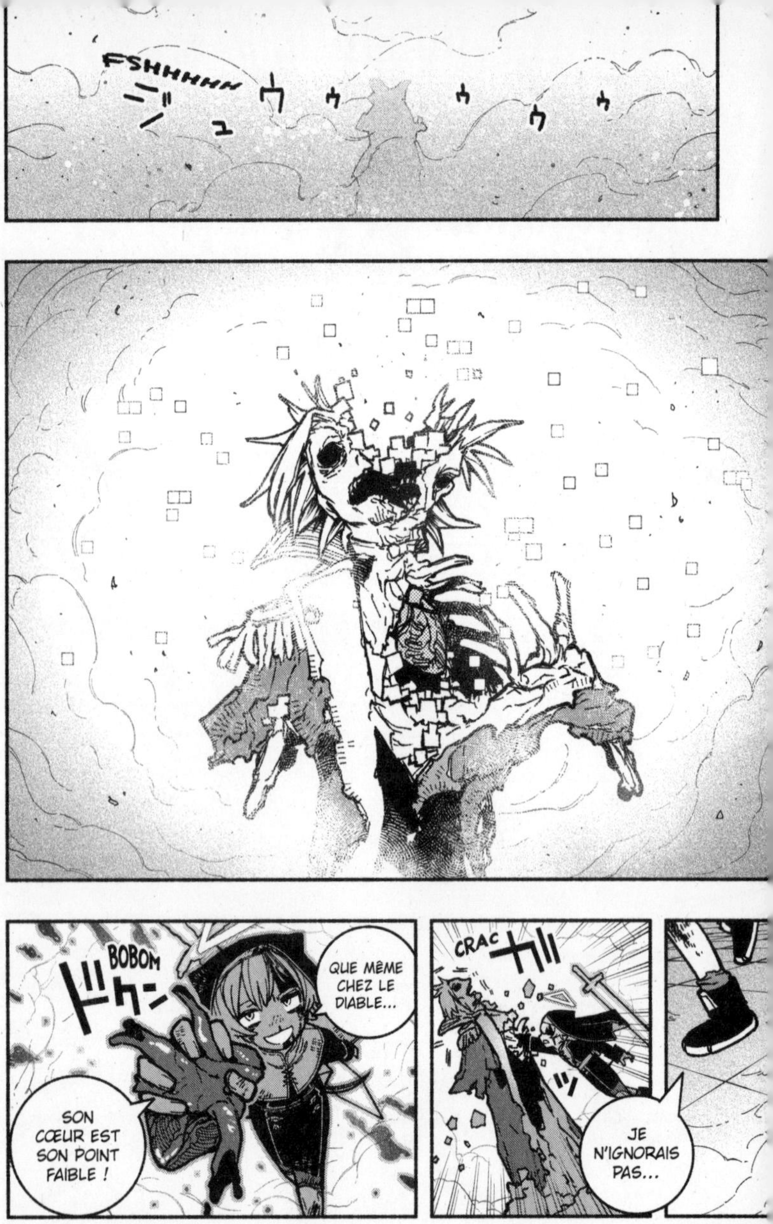
FSHHHHHH
ジュウウウウウ
JE N'IGNORAIS PAS...
CRAC
QUE MÊME CHEZ LE DIABLE...
SON CŒUR EST SON POINT FAIBLE !
BOBOM
ドクン

DÉTRUIRE TON CŒUR M'EST IMPOSSIBLE…
PLIC
MAIS RÉDUIRE TON CORPS EN BOUILLIE, JE LE PEUX !
PLIC
パチン
?!?
ZAAASH
ALLEZ !
FAIS TA PRIÈRE !!!

?!?
BEUARGH
VLAM
LÉA !!!
...
PLIC
PLIC
MON DIEU...
NON !

LE TEMPS EST DÉJÀ ÉCOULÉ ?!?
TIENS ?
TU RELÂCHES TON EMPRISE ?
SCRIIISH
ÉCARTE-TOI !!!

BARBARA !!!
PLIC
ALORS GAMINE ?
UN ÉCHANGE, ÇA TE DIT ?
GHH !
ENSUITE...
SI TU TIENS À LA VIE DE TA COPINE...
TU VAS DEVOIR ME RENDRE MON CŒUR...

ME DONNER L'EMPLACEMENT EXACT DES FRAGMENTS D'ASMODÉE !
!!!
HÉ HÉ...
TA RÉACTION ME PROUVE QUE TU LE SAIS !
JE VOUS AI D'ABORD PRISES POUR DES SOLDATES JUNK FOOD...
MAIS VOUS M'AVEZ DÉSORMAIS L'AIR DE CROYANTES BIEN INFOR-MÉES...
IL Y A QUATRE ANS...
ASMODÉE A ÉTÉ DÉFAITE PAR UN JEUNE GARÇON...

ELLE A ÉTÉ DÉSAGRÉGÉE PAR LA LUMIÈRE DE RAPHAËL…
ET UNE PARTIE EST RETOURNÉE AUX ANGES…
JE SUPPOSE QUE C'EST L'ÉGLISE QUI LES CONSERVE ?
DE LA VIANDE D'ANGE !
J'AIMERAIS TELLEMENT Y GOÛTER !
PLUS BELZÉBUTH MANGE, PLUS IL GAGNE EN PUISSANCE…
S'IL MANGEAIT UN ANGE…
CE SERAIT ALORS…
ALLEZ GAMINE !
GNAP
HÂTE-TOI OU JE LA DÉVORE SANS PLUS ATTENDRE !

SPLAAASH
BARBARA !!!
...
GHH ! JE NE DOIS PAS HURLER !!!
ÇA ATTÉNUERAIT LA DÉTERMINATION DE LÉA !
BAR...
LÉA !

J'AI ÉTÉ HEUREUSE DE DEVENIR TON AMIE...
FUIS VITE ! APPORTE LE CŒUR DE CE DÉMON AUPRÈS DE L'ÉTERNEL !
QUE TOUS NOS EFFORTS ...
NOS SACRIFICES NE SOIENT PAS VAINS !
ET RAPPELLE-TOI TOUT LE MAL QU'IL T'A FAIT !

VIVRE, C'EST ASSASSINER !
IL FAUT CÉLÉBRER ET REMERCIER LA VIE !
PLIC
TANT QU'IL NE SERA PAS BATTU, LES DRAMES SE POURSUIVRONT !
NE LUI RENDS PAS SON CŒUR !
ET ACCOMPLIS TA VENGEANCE !!!
!!!

DAAAM
LES FRAGMENTS D'ASMODÉE ...
PLIC
SONT CACHÉS AU CENTRE THÉOLO-GIQUE...
DU MONT-BLANC, DANS LES ALPES...
GRAP
MERCI BIEN...
FSHHH

PLAC
JE SUIS DÉSOLÉE, BARBARA...
JE SUIS TELLEMENT DÉSOLÉE !!
...
ON NE POURRA PLUS...
VENIR À BOUT DE CE DÉMON...
HÉ, PETITE !
TU AS LAISSÉ PARLER TES ENVIES PLUTÔT QUE "LE BIEN COMMUN"...
MAIS TU N'AS PAS À EN AVOIR HONTE !
C'EST DANS LES MOMENTS DE PANIQUE...
QUE L'ON SE DÉCOUVRE SOUS SON VRAI VISAGE !
WHA HA HA

T'AS TOUT FAUX !!!

CRAAASH
!!!
P'TIT CURÉ ?!?
TCHAC
DANS LES MOMENTS DE PANIQUE…
AU CONTRAIRE, ON SE PERD !!!
TU ABUSES DE TES VICTIMES EN UTILISANT LEURS FAIBLESSES…
ET TU OSES APPELER ÇA RÉVÉLER LES INSTINCTS ?

POUR QUI TE PRENDS-TU, BELZÉBUTH ?
QUELLE JOIE DE VOIR ENFIN ARRIVER...
MON PLAT PRINCIPAL !!!
Chapitre 27 : Un cœur de puce

Rapport

XX / XX / 2011

La petite fille que nous surveillions s'est progressivement rétablie. Immédiatement après avoir été sauvée par Dante, elle délirait et était incapable de parler, mais maintenant, un mois plus tard, elle est capable de mener une vie normale. Son corps était sévèrement émacié et mal nourri, mais il n'y avait aucun signe de contamination maléfique. Pendant l'examen, elle est restée joyeuse et sociable, parlant sans encombre avec son entourage.

En ce qui concerne son régime alimentaire, elle semble avoir une aversion inconsciente pour les produits issus de la traite animale en général, plutôt qu'une simple aversion pour la viande. Elle utilise également, dans la mesure du possible, du cuir synthétique et d'autres matériaux pour ses vêtements. Cela n'est pas déraisonnable compte tenu de son expérience, mais il y a des limites à ce qu'elle peut faire seule pour éviter les produits d'origine animale. Elle devra être écoutée et encadrée conformément à ses souhaits, dans la mesure du possible, en tenant compte des experts.

S'il y a une inquiétude à avoir, c'est que sa personnalité est trop joyeuse. Elle se force à rire. Elle a besoin de soins par le biais de conseils et d'autres moyens, mais elle refuse catégoriquement de se soumettre à ce genre d'exercice. Elle s'efforce probablement de ne pas ouvrir le couvercle de ses émotions enfouies. Il est encore prématuré de l'emmener affronter son traumatisme. Nous ne pouvons l'aider que progressivement.

Docteur Daniel

Episode 28

BOR-DEL !
LÂCHEZ-MOI !!!
SOR-CIÈRES, ENNEMIES DE DIEU !
ALLEZ POURRIR EN ENFER !!!
EN ENFER ?
N'AS-TU PAS COMPRIS QUE L'ENFER, C'ÉTAIT TOUT SIMPLE-MENT CHEZ NOUS ?
N'EST-IL PAS TROP TARD POUR IMPLORER TON DIEU ?

BIEN !
ZUIP
TU LUI PASSERAS LE BON-JOUR !
H!!! !!!
NOOOON !!!
AAARGH !!!
J'AI MAAAAAL !
SPROTCH
ビチャ
ALLEZ...
LE SEIGNEUR DES MOUCHES ATTEND SON OFFRANDE !

MORT À L'ÉGLISE !
À NOTRE LIBERTÉ !
RETOUR AU PÈRE CÉLESTE !!!
WHA
HA
HA
HA
HA
Ô MES SORCIÈRES ÉLOIGNÉES DE DIEU !
L'ÉGLISE NE VOUS CONSIDÈRE PAS COMME DES HUMAINS !
MAIS MOI JE VOUS LE DIS !

Episode 28

QU...
P'TIT CURÉ !!!
SCRIIISH
?!?

GOLEM, FAIS-NOUS DESCENDRE !
OUI...
UN GÉANT NEPHILIM ?!?
TCHAP
MAIS...
QU'EST-CE...
ON T'EXPLIQUERA APRÈS !
TOUT VA BIEN ?
TCHUIP
DÉSOLÉ D'AVOIR MIS AUTANT DE TEMPS...
CLONG
!!!
MES PLAIES !
?!?

PSHHH
ELLE CICATRISE MOINS VITE QUE MOI !
C'EST À CAUSE DE LA CONTAMINATION MALÉFIQUE ?
KOF !
MINCE...
ÇA RISQUE DE PRENDRE DU TEMPS POUR MOI...
GOLEM !

C'EST À MOI DE LUI RÉGLER SON COMPTE !
J'ATTENDS DE TOI QUE TU PROTÈGES MES AMIES !
PSHHHHH
TIENS DONC, MORPION...
TU T'ES RANGÉ DE LEUR CÔTÉ ?
GRRR
GOLEM !
RETIENS-TOI !

GNAAAAP
OK, J'AI COMPRIS !
ELLES SONT POURTANT SI FORTES !
MAIS IL A...
IL A OSÉ !
T'ES FÂCHÉ, JEUNE HOMME ?

LA NATURE HUMAINE...
C'EST NOUS !
IL NE S'AGIT PAS D'UN BESOIN SOCIAL COMME L'AVIDITÉ...
C'EST DE LA MALICE PRIMITIVE !
IL S'AGIT DE TUER, DE MANGER, DE PROFITER !
PAR EXEMPLE...

CETTE JEUNE FEMME RIAIT À GORGE DÉPLOYÉE EN ME VOYANT DÉMEMBRÉ...
!!!
NE L'ÉCOUTE PAS, LÉA !
PARCE QU'ELLE PENSAIT AVOIR GAGNÉ SUR MOI ?
...
N'Y A-T-IL RIEN D'AUTRE ?
EN GAGNANT LE DROIT DE DÉTRUIRE AUTRUI, ELLE A DÛ SE SENTIR TOUTE-PUISSANTE !
TCHAAAC
TCHAAAC
TCHAAAC
NE NIE PAS, TU NE TROMPERAS PERSONNE !

APRÈS AVOIR DOMINÉ UN ÊTRE PLUS FAIBLE QUE VOUS !
N'ESSAYEZ PAS DE ME FAIRE CROIRE...
QUE VOUS N'AVEZ JAMAIS RESSENTI CE SENTIMENT DE PUISSANCE...
LA VIE EST UNE FORME DE VIOLENCE !
QUEL BLA BLA INUTILE...
SI LA VIOLENCE EST LA NATURE PROFONDE DE L'HOMME...
ALORS COMMENT NOS SOCIÉTÉS ONT-ELLES PU PERDURER ?

BROH
BROOOH
SI L'AMOUR IMPORTE PLUS QUE TOUT...
LAISSE-MOI PLUTÔT TE DEMANDER...
BZZZZZZ
COMMENT SE FAIT-IL QUE VOTRE MONDE SOIT SI HIDEUX ET VIOLENT ?
!!!

HMM ?
C'EST QUOI, ÇA ?
!!!

"LA SALLE À MANGER DU ROI DES DÉMONS !"
LA MÊME QU'IL Y A DEUX ANS !
BZZZZZZ
BOBOM

P'TIT CURÉ ! LÀ-BAS !
OUI...
TCHAC
ÇA CRAINT !
TAP
TAP
TAP
TAP
TAP
JE DOIS LE DÉ-TRUIRE...
AVANT QU'IL NE PRENNE DÉFINITIVEMENT FORME !!!

GHH !
JE NE PIGE PAS UN TRUC...
SI LES TEXTES SACRÉS SONT CENSÉS ÊTRE UNE ARMURE CONTRE LE DIABLE...
POURQUOI NE PAS EN AVOIR FAIT PLUTÔT UNE ÉPÉE ?

ズ
ズ
ズ
QUAND ON ATTAQUE...
IL FAUT Y METTRE TOUTE TA RAGE, JEUNE HOMME !
ズ
VSHHH
LAISSE-MOI TE MONTRER !
FLAAAP
BON SANG !
IMURI !
ATTEN...

VLAAASH

HOO...
ÇA NE T'A
PAS BEAU-
COUP FAIT
RÉAGIR...

JE SENS QU'AVEC TOI, JE VAIS VRAIMENT ME RÉGALER COMME JAMAIS !
JEUNE HOMME...
PLING
!!!
DEPUIS QUAND LES MOUCHES...

DONNENT DES LEÇONS DE BON GOÛT, HEIN ?
Chapitre 28 : Belzébuth
À suivre dans le volume 5...

File #28

"Discussion avec un croyant..."

Hier, un autre ancien clerc a été porté disparu...

Il a vraisemblablement été enlevé par des sorcières.
Cela porte à plus de deux cents le nombre de personnes enlevées depuis l'apparition de ces sorcières cannibales.

Mouais, et alors ?
Je ne dis pas qu'ils méritent d'être tués, hein ! Mais ils sont une honte pour l'Église.
Ce sont ceux qui se sont attaqués aux faibles au nom de Dieu.
Ce sont ceux qui se sont éloignés des enseignements de Dieu, en pratiquant l'escroquerie, le racket et la prostitution envers les plus faibles et les nécessiteux.

Je comprends, oui. Tu as sûrement raison.
Mais je me fiche de savoir s'ils étaient une honte ou non.
Maintenant, j'espère juste que ses victimes pourront reposer en paix.

Hein ?
Oui, ça aussi. Bien sûr.
Et la sécurité de ceux qui ont été enlevés.

Épisode spécial
DEPUIS QUE LES CONTACTS RÉGULIERS ONT ÉTÉ PERDUS…
LA COMMUNICATION AVEC UNE PARTIE DU KANTO EST IMPOSSIBLE !
PAS DE CHANGEMENT DANS LES INFORMATIONS VISUELLES EXTERNES SATELLI-TAIRES !
POURTANT, TOUTES LES VOIES MENANT À TOKYO SONT TOUJOURS SATURÉES.
IM-POSSIBLE D'ENTRER DANS LE CENTRE !
VOILÀ POUR LE CONSTAT …
TOKYO EST D'ORES ET DÉJÀ TRÈS AFFECTÉE PAR LA GÉHENNE…
SI NOUS NE DÉTECTONS RIEN DE PARTICULIER POUR L'HEURE, C'EST PARCE QU'IL Y A UN DÉCALAGE TEMPOREL AVEC LA DIMENSION DÉMONIAQUE…
OUF, J'AI PU LE DIRE SANS BA-FOUILLER…

OK, J'AI COMPRIS...
ET TU DIS QUE TU N'ARRIVES PLUS À JOINDRE DANTE ?
EN EFFET...
IL EST CERTES UN PEU SOLITAIRE, MAIS IL N'A PAS POUR HABITUDE D'IGNORER LES APPELS D'URGENCE...
JE CRAINS QU'IL N'AIT ÉTÉ TOUCHÉ PAR LA MAGIE NOIRE...
...
IL EST PEUT-ÊTRE DÉJÀ TROP TARD...
OUI... MAIS...
IL SAVAIT QUE SEUL LE P'TIT CURÉ POUVAIT COMBATTRE LE ROI DES DÉMONS !
IL SAVAIT CE QU'IL RISQUAIT, NON ?
CERTES, MAIS...

CONFIER LE DESTIN DU MONDE ENTRE LES MAINS DE QUELQUES GAMINS...
C'EST TOTALEMENT IRRESPONSABLE !
QUELLE IRONIE...
TAP
L'EXCLUSION DE TOUTES LES PERSONNES VULNÉRABLES DES COMBATS A FAIT QU'IL NE RESTE PLUS QUE CES ENFANTS...
BIP
TU AS FINI, MARCO ?
OUI...
EN CE MOMENT ...
SON ÉMINENCE SE BAT CONTRE LE SEIGNEUR DES MOUCHES, NON ?
TU AURAIS VOULU T'Y RENDRE, TOI AUSSI ?

OH QUE NON !
MAIS C'EST SURTOUT PARCE QUE SON ÉMINENCE...

M'A ORDONNÉ DE RESTER POUR DÉFENDRE ROME !
JE LUI AI TOUJOURS VOUÉ UN PROFOND RESPECT...
ET IL NE PEUT PAS PERDRE !
Chapitre inédit : La bête à bon dieu

"Texte manuscrit de Daniel"

J'ai récemment recommandé un réexamen
des critères de nomination pour devenir exorciste.
En termes simples, cela permettrait aux plus faibles
de ne plus être envoyés aux exorcismes.

Je suis prêt à dire que je travaille pour la victoire, même si mes
collègues me dénigrent en me traitant de traître démon.
Mais examinons le cas allemand !
Le corps de Mère Rosa, qui a été retrouvé, présentait clairement de
multiples blessures reçues lors de la défense d'autrui.
C'était lors de la bataille contre le Seigneur des mouches.
Envoyer ce mur de chair était-il vraiment nécessaire ?
Bien sûr, si elle avait été seule, Mère n'aurait jamais pu faire
autant de dégâts.

Mais le nombre de 78 martyrs était-il utile ?
Certains d'entre eux n'ont-ils pas plutôt été une entrave pour Mère ?

Lors de la bataille à l'extérieur des salles, les exorcistes survivants
ont témoigné qu'elle s'était battue en protégeant ses camarades.
N'ai-je pas perçu des moyens impitoyables comme rationnels ?
N'ai-je pas envoyé mes camarades au combat pour rien ?
N'ai-je pas envoyé mes camarades au combat pour rien ?
N'ai-je pas envoyé mes camarades à la mort ?
Ne les ai-je pas envoyés à la mort ?

File #30

"Préface au roman 'Une mer de chats'."

Le garçon aimait les chats.
Il vivait avec son chat de compagnie, qu'il adorait.

Mais un jour, dans un rêve, quelque chose lui ordonna de le faire.
Cette chose lui dit de tuer tous les chats de la région.

Le garçon, troublé, a ignoré l'ordre de la voix.
Mais alors, étrangement, le malheur s'engouffra dans sa vie.
Le garçon l'a senti. S'il ne tuait pas les chats, il mourrait lui aussi.

Le garçon tua alors beaucoup de chats.
Trop pour les compter. Des chats qu'il aimait.

Personne ne sait ce qu'était cette voix.
Peut-être qu'il était simplement malade au fond de lui.

Mais le garçon n'a jamais eu l'occasion de se repentir.
Sa fin a été facile.
Entouré d'un grand nombre de chats,
il fut dévoré de toute part et mourut.

Ce livre est l'histoire de la dernière année du garçon,
telle qu'elle a été révélée sur la base d'interviews.

File #31

"Journal d'un pêcheur"

J'ai vu des choses terribles.
Une jeune fille qui se tenait debout en pleine mer.

Elle regardait une bouche noire qui flottait dans l'air.
On aurait dit une masse d'insectes ou quelque chose comme ça.

La jeune fille a dit :
"Hé, qu'est-ce que tu crois que c'est, Seigneur des mouches ?".

Sa voix ressemblait à celle d'un enfant et en même temps aux hennissements d'une grosse bête.
Le ton changeait sans cesse : "Tu es un insecte ! Tu sers de nourriture aux poissons !"
"Si tu restes ici, je vais te gober !"

Mais la masse d'insectes ouvrit la bouche.
"Oups, je me suis trompée".

Puis la masse s'effondra et disparut.
Et la silhouette de la jeune fille avait également disparu...

File #32

"Le journal de Hans"

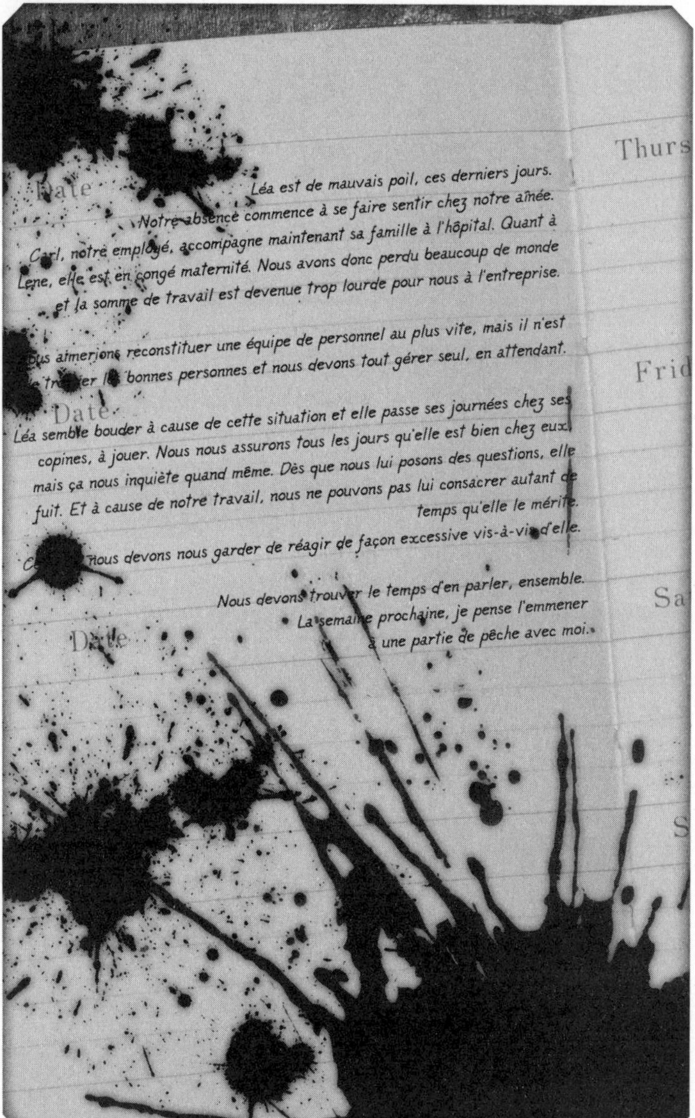
Léa est de mauvais poil, ces derniers jours.
Notre absence commence à se faire sentir chez notre aînée.
Carl, notre employé, accompagne maintenant sa famille à l'hôpital. Quant à
Lene, elle est en congé maternité. Nous avons donc perdu beaucoup de monde
et la somme de travail est devenue trop lourde pour nous à l'entreprise.

Nous aimerions reconstituer une équipe de personnel au plus vite, mais il n'est
pas facile de trouver les bonnes personnes et nous devons tout gérer seul, en attendant.

Léa semble bouder à cause de cette situation et elle passe ses journées chez ses
copines, à jouer. Nous nous assurons tous les jours qu'elle est bien chez eux,
mais ça nous inquiète quand même. Dès que nous lui posons des questions, elle
fuit. Et à cause de notre travail, nous ne pouvons pas lui consacrer autant de
temps qu'elle le mérite.
[illegible] nous devons nous garder de réagir de façon excessive vis-à-vis d'elle.

Nous devons trouver le temps d'en parler, ensemble.
La semaine prochaine, je pense l'emmener
à une partie de pêche avec moi.

Une sorcière maladroite, un lycéen à la force surhumaine et une bonne dose d'humour : voici la formule magique de *Witch Watch* !

Afin d'obéir à un antique serment, Morihito Otogi, un lycéen à la force surhumaine des ogres, doit cohabiter avec son amie d'enfance, la sorcière Nico ! À peine revenue de sa formation en sorcellerie, elle rêve à de romantiques retrouvailles. Quant à lui, devenu le familier de la jeune sorcière, il préfère se concentrer sur sa mission : la protéger d'un désastre qui lui a été prophétisé…

Série en cours

COLLECTION SHONEN SOLEIL MANGA

Kenta Shinohara

WITCH WATCH

Un yakuza sous le charme d'une jolie dentiste aux apparences trompeuses...

Deux clans de yakuzas se partagent la ville depuis des générations : la Kokuyo-kai et ses hommes en noir et les Shinju, généralement vêtus de blanc. Au niveau de la frontière qui délimite chaque territoire se trouve un petit cabinet dentaire tenu par une jolie dentiste. Un yakuza est sur le point de tomber sous le charme de la jeune femme. Mais les apparences sont trompeuses...

Série terminée
en 8 tomes

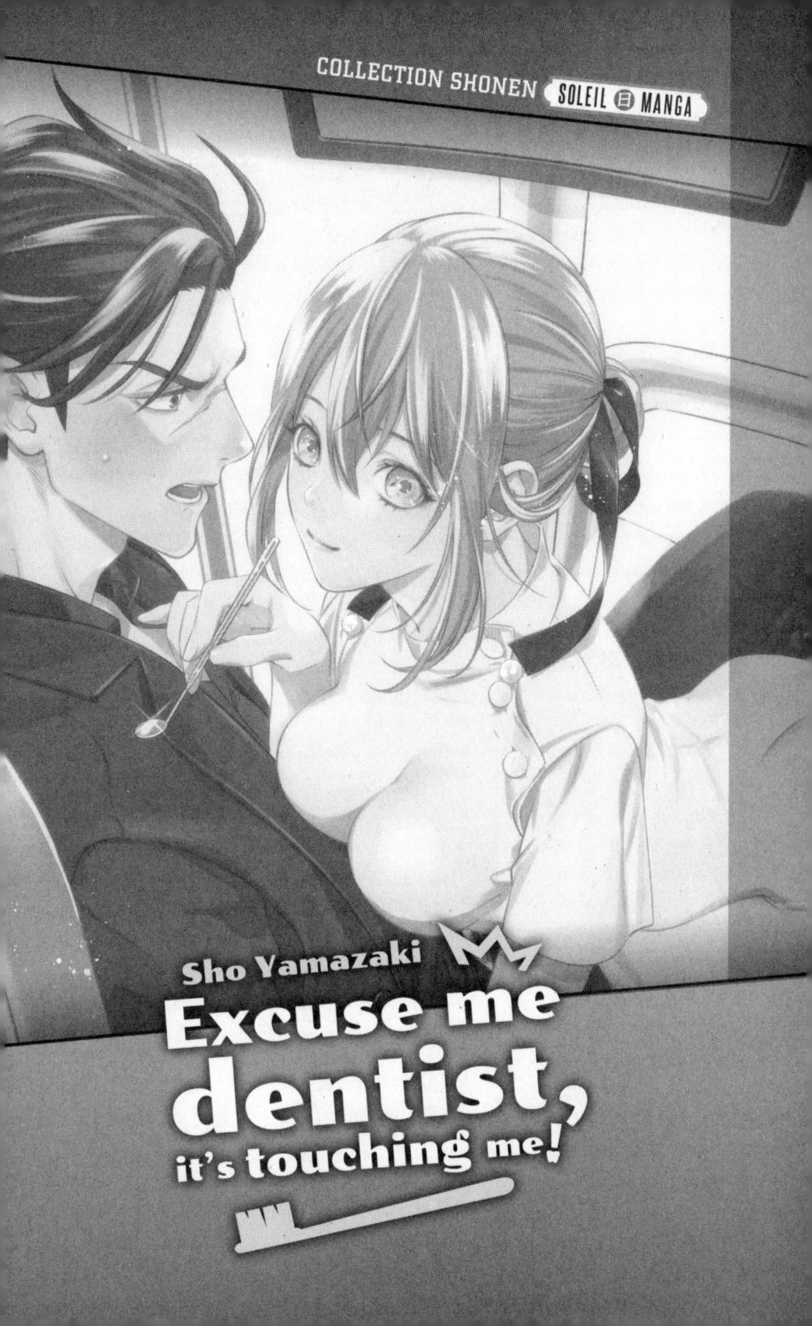
COLLECTION SHONEN
SOLEIL MANGA
Sho Yamazaki
Excuse me dentist, it's touching me!

Une comédie romantique qui renverse tous les clichés !

Anzu, le portrait-type de l'anti-héroïne, voit apparaître devant elle le magicien Riri. Ce dernier lui retire ses plus grands plaisirs dans la vie : les jeux vidéo, le chocolat et les chats. À la place, elle hérite d'une vie de rêve comme dans les mangas, entourée de beaux gosses qui lui courent après… Anzu parviendra-t-elle à rembarrer tous ses prétendants ou succombera-t-elle à l'amour ?

Série terminée
en 4 tomes

COLLECTION SHONEN
SOLEIL MANGA
ROMANTIC KILLER
Wataru Momose

Soleil Manga
6/8 Rue Léon Jouhaux
75010 Paris - France
manga@soleilprod.com

Titre original : EXORCIST WO OTOSENAI vol. 4

Conception graphique :
Studio Delcourt/Soleil
Traduction : Florent Gorges
Lettrage : Studio Charon
Dépôt légal : Avril 2024
ISBN : 978-2-302-10240-8
Impression : Ercom - Italie